Analyse d'œuvre

Rédigée par Nicolas Boldych

La Cantatrice chauve

d'Eugène Ionesco

Profil Littéraire

Une réception qui évolue

Inauguration d'une nouvelle catégorie littéraire,
celle du théâtre de l'absurde

BIBLIOGRAPHIE 57

EUGÈNE IONESCO

- Né le 26 novembre 1909 à Slatina (Roumanie).
- Mort le 28 mars 1994 à Paris.
- **Principales œuvres :**
  - *La Cantatrice chauve* (pièce de théâtre, 1950)
  - *Rhinocéros* (pièce de théâtre, 1959)
  - *Le roi se meurt* (pièce de théâtre, 1962)

Dramaturge français à la renommée internationale, Eugène Ionesco est pourtant arrivé relativement tard au théâtre. Il a en effet 40 ans quand sa première pièce, La Cantatrice chauve, est mise en scène par Nicolas Bataille (1926-2008) au théâtre des Noctambules (1950).

Il a cependant déjà connu une première carrière littéraire dans son pays d'origine, la Roumanie, où il s'est fait remarquer par des articles et des essais de critique littéraire volontiers iconoclastes, dont *L'Hugoliade ou la Vie grotesque et tragique de Victor Hugo* (1936). Dans cette œuvre où il met en scène un Victor Hugo (1802-1885) supposé poseur et théâtral se dessinent en creux ses propres aspirations : appel au moi profond, authenticité des sentiments, refus de la théâtralité. Ionesco est alors attiré par les mouvements d'avant-garde comme le surréalisme français ou encore par Alfred Jarry (1873-1907), le créateur du personnage ô combien surréaliste Ubu. Mais l'irrésistible évolution vers le fascisme de la société roumaine ainsi que l'alliance entre la Roumanie et l'Allemagne nazie (1941) l'inciteront à émigrer en France.

Bien que restreintes à des cercles confidentiels, ses premières pièces (*La Cantatrice chauve*, *La Leçon*, *Les Chaises*), où sont poussées à l'extrême les thématiques de l'incommunicabilité entre les êtres et du vide existentiel, lui valent un succès d'estime considérable. Le théâtre de l'absurde est né. Sa pièce *Rhinocéros*, dans laquelle apparaît pour la première fois son personnage et alter ego Bérenger, signera, au tournant des années soixante, sa rencontre avec le grand public et donnera à son théâtre une inflexion plus classique qui sera confirmée par *Le roi se meurt*. Les éléments autobiographiques, l'irruption d'univers oscillant entre un onirisme débridé et une réalité sociale ou politique oppressante, le langage baroque où se mêlent poésie, métaphysique et humour, sont les marques distinctives et stables d'un théâtre autrement enclin aux métamorphoses.

Devenu académicien en 1970, Ionesco voit ses pièces jouées dans le monde entier, des États-Unis aux pays du bloc soviétique. Il est désormais un personnage public qui s'exprime régulièrement dans les journaux et les magazines. Les dernières années de sa vie seront pourtant marquées par un relatif divorce avec les mots auxquels il préférera, en particulier dans les années quatre-vingt, la pratique du dessin.

LA CANTATRICE CHAUVE

- **Genre :** théâtre.
- **Première représentation :** en 1950 au théâtre des Noctambules à Paris.
- **Édition de référence :** *La Cantatrice chauve, suivi de La Leçon*, Paris, Folio/Gallimard, 1992.
- **Personnages :**
  - M. et Mme Smith, les hôtes ;
  - M. et Mme Martin, leurs invités ;
  - Mary, la bonne ;
  - le capitaine des pompiers.
- **Thématiques principales :** l'incommunicabilité entre les êtres et la crise du langage.

C'est avec une intention bien précise que Ionesco fait son entrée, en 1950, dans le monde du théâtre parisien : celle de mettre à bas toutes les conventions liées à un genre qu'il juge artificiel et trop didactique dans ses visées. Ainsi, *La Cantatrice chauve* sera sans intrigue, sans personnages bien définis, sans message de nature intellectuelle. La pièce sera également burlesque et dramatique tout à la fois, car si Ionesco use des ficelles d'un comique qui culmine dans l'absurde, ce n'est que pour mieux faire sourdre ce qu'il entrevoit comme le « drame du langage » et, plus générale-ment, celui d'une communication réduite à des conventions ou à des automatismes. Unanimement pris dans la « gangue du langage », les personnages de *La Cantatrice chauve*, telles des marionnettes manipulées par des conventions sociales et langagières sur lesquelles elles semblent n'avoir aucune

prise, seront finalement acculés à une forme de violence ;
une violence qui atteint son paroxysme dans la désintégra-
tion du langage lui-même.

Ainsi, la pièce enregistre, dans un déroulé apparemment
privé d'intrigue, une crise du langage dont l'ultime abou-
tissement, à l'image des discours fascistes dont Ionesco a
pu mesurer la prégnance sur les esprits, est une violence
irrationnelle dont la source demeure confuse et cachée.

LA VIE D'EUGÈNE IONESCO

Portrait d'Eugène Ionesco.

UNE ENFANCE FRANÇAISE

Né le 26 novembre 1909 à Slatina, en Roumanie, Eugène Ionesco est le fils aîné d'Eugen Ionescu (1881-1948), fonctionnaire de l'administration royale roumaine, et de Marie-Thérèse Ipcar, d'ascendance française. En 1911, le père de Ionesco quitte la Roumanie pour entreprendre une thèse de doctorat à Paris. Toute la famille le suit. Ce sont des années financièrement difficiles au cours desquelles le jeune Eugène doit de plus affronter le spectacle de scènes conjugales à répétition. Mais cette époque lui laissera aussi des souvenirs lumineux : les repas du dimanche chez les

Ipcar, frères et sœurs de sa mère, les séances de cinéma qui le fascinent littéralement ou encore les spectacles de guignol qui marquent la première rencontre du futur dramaturge avec le théâtre dans sa forme la plus primitive. Et puis, en 1916, survient le traumatisme lié au départ de son père, qui retourne seul en Roumanie. Sa mère n'en recevra plus aucune nouvelle. Pendant ce temps, Eugen Ionescu se remarie en secret avec une femme de la haute bourgeoisie, Eleonora Buruiana, plus en accord avec ses aspirations sociales. Cet abandon marque le début d'une interminable relation d'amour-haine entre le futur auteur et son géniteur, à la fois modèle de réussite sociale et anti-modèle, auquel il reprochera un arrivisme s'accommodant sans vergogne de tous les régimes politiques, qu'ils soient démocratiques, fascistes ou communistes.

Durant ces années, la famille déménage sans cesse sans pouvoir trouver de point d'ancrage. Eugène connaîtra tout de même une parenthèse enchantée à la Chapelle-Anthenaise, paisible village de la Mayenne, où il est envoyé avec sa sœur Marilina pour des raisons de santé.

UNE EXPÉRIENCE ROUMAINE

Les deux enfants vivent un nouveau cataclysme lorsque le père enjoint à son épouse, en 1923, de lui confier la garde des enfants. Eugène se retrouve ainsi, en pleine adolescence, dans son pays natal, dont il a encore tout à découvrir.

En Roumanie, il fait l'expérience d'une société marquée par la dureté des rapports sociaux, notamment la violence des élites à l'égard d'un peuple qui émerge à peine d'un long passé de servage. Par réaction à l'attitude de son père, autoritaire et légaliste, il gardera toujours une forme de tendresse à l'égard du petit peuple roumain dans lequel il projette les injustices endurées autrefois par sa mère.

Son retour dans les Balkans marque aussi sa rencontre avec les grands auteurs roumains qui l'accompagneront, au côté des auteurs français (Flaubert, Jarry, Breton), dans sa future carrière littéraire, comme le dramaturge Ion Luca Caragiale (1852-1912) dans lequel il voit le peintre génial et sans concession de la société roumaine avec ses galeries d'arrivistes et de profiteurs. À son contact, Ionesco découvre le théâtre dans sa version sociale et tragi-comique, faite à la fois de violence, de ruse et de dérision, un théâtre de la cruauté pourtant dominé par le rire.

LA BOHÊME DE BUCAREST

La difficile cohabitation avec son père incite Eugène à prendre son indépendance dès 1927. Ce sont des années de bohême au cours desquelles il s'improvise professeur de français pour payer ses meublés et poursuivre ses études de littérature française.

Il fréquente assidûment les cafés du petit Paris qu'est la Bucarest de l'époque, lieux de rencontres de ceux qui se définissent eux-mêmes comme la Jeune Génération. C'est là qu'il se lie d'amitié avec Mircea Eliade (1907-1986), le futur grand historien des religions, qui l'initiera au bouddhisme, et avec Emil Cioran (1911-1995), avec lequel il restera ami jusqu'à la fin de sa vie. C'est là également, tout au long des années trente, qu'il s'initie à d'incandescentes joutes verbales ayant trait à la création littéraire, à la philosophie, à l'art, mais également à la politique. Eugène voit aussi ses camarades des bancs d'université succomber un à un aux sirènes du fascisme dans sa version roumaine, à savoir celui de Corneliu Codreanu (1899-1938) et de sa milice paramilitaire, la Garde de fer (*Garda de fier*). Ionesco a déjà là le matériau pour *Rhinocéros*, cette pièce qui décrit de manière tragi-comique un processus irrémédiable de contagion idéologique.

C'est à cette époque qu'il fait paraître ses premiers articles dans les principales revues littéraires roumaines, où il se fait remarquer par son style incisif et volontiers provocateur. Mais son premier coup de maître est la parution en 1935 de *Nu* (*Non* en français), un pamphlet iconoclaste dans lequel il attaque frontalement le poète de renom et chef de file du courant moderniste, Tudor Arghezi (1880-1967). Ce début d'activité littéraire contribue cependant à retarder l'obtention de la *capacitate*, le diplôme universitaire donnant accès au professorat en Roumanie. Ionesco ne l'obtient en effet qu'en 1937 et commence dans la foulée à enseigner dans les lycées. Entre-temps, il a rencontré Rodica (1910-2004), la femme qui l'accompagnera tout au long de sa vie. Mais ce début d'équilibre à la fois financier et sentimental est malheureusement entaché par la situation de plus en plus instable de la Roumanie qui finit par se ranger, en 1941, du côté d'Hitler (1889-1945). Ionesco prend alors prétexte d'un projet de thèse sur Baudelaire pour échapper aux Balkans et retourner en France, à Vichy, où il officie en tant que secrétaire culturel de la légation roumaine.

L'AVANT-GARDE, PORTE D'ENTRÉE VERS LA RECONNAISSANCE

Les immédiates années d'après-guerre inaugurent pour Ionesco une période d'incertitudes. Il perd son emploi à la légation roumaine, puis voit son pays entrer dans la sphère d'influence soviétique. Resté à quai en France, État dont il n'a même pas la nationalité, il doit également s'en réapproprier la langue littéraire pour pouvoir espérer poursuivre une carrière dans le milieu des lettres.

C'est dans ce contexte qu'est créée en 1950 son anti-pièce *La Cantatrice chauve*, premier coup d'essai réussi de sa nouvelle carrière française. Elle est presque immédiatement suivie de *La Leçon*, puis des *Chaises*. Il s'agit donc d'une période très prolifique pour l'auteur durant laquelle il enchaîne les œuvres à un rythme soutenu : *Victimes du devoir* (1953), qu'il nourrit de nombreux éléments autobiographiques ; *Le Tableau* (1955), où il n'hésite pas à recourir aux « grosses ficelles » de la farce comique ; *L'Impromptu de l'Alma* (1956) où il tente de régler ses comptes avec la critique, entre autres.

1956 est l'année charnière qui voit ses pièces publiées par la NRF et jouées en Belgique, en Hollande, en Suisse, en Finlande, en Angleterre, mais aussi en Allemagne... Son statut d'auteur d'avant-garde lui ouvre de nombreuses portes tant en France qu'à l'étranger, mais lui vaut également un certain nombre de critiques acerbes dont celles du critique de théâtre Kenneth Tynan (1927-1980) qui lui reproche de succomber à la tentation de l'art pour l'art. En France, la revue des *Temps modernes*, dirigée par Jean-Paul Sartre (1905-1980), lui réserve un accueil glacial. On lui reproche notamment avec beaucoup d'insistance son refus d'un engagement politique.

DE L'AVANT-GARDE À L'ACADÉMIE

Puis vient la consécration de *Rhinocéros*, en 1959, pièce plus politique qui marque aussi une inflexion de l'art de Ionesco vers un langage et une mise en scène plus classiques. Cette tendance sera confirmée par *Le roi se meurt*. Dans les années soixante, Ionesco est joué à l'Odéon et à la Comédie-Française, signe d'un début de patrimonialisation de son art. « On s'habitue à tout même à Ionesco », écrit le critique Pierre Marcabru au début de la décennie (propos repris dans Le Gall (André), *Ionesco*, Paris, Flammarion, 2009). Le fait d'être inscrit au répertoire national ne dissuade pas pour autant le dramaturge de se renouveler et de surprendre, notamment avec *Le Piéton de l'air* (1969), une pièce onirique exploitant le mythe d'Icare, et *Jeux de massacre* (1970), où il s'empare de manière très picturale et baroque du thème de la peste. Ses nombreuses interventions, entre humour et désespoir, dans des médias de masse ainsi que dans des émissions de télévision contribuent à faire de lui un personnage public. En 1970, celui qui a souvent exprimé sans détour son angoisse de la mort, tant dans ses pièces que dans ses interviews, est accueilli parmi les immortels de l'Académie française, ultime consécration pour un ancien apatride.

Les années soixante-dix sont pourtant marquées par un tarissement de son inspiration de dramaturge. Il se tourne brièvement vers le roman (*Le Solitaire*, 1973) avant de livrer sa dernière pièce en 1980, *Voyage chez les morts*. Dans la décennie qui suit, son relatif divorce avec les mots est compensé par un regain d'intérêt pour la pratique du dessin : Ionesco produit alors des centaines de gouaches et de lithographies marquées par un style naïf et coloré. Son ultime œuvre sera le livret de l'opéra Maximilien Kolbe (1894-1941), créé en 1988 à Rimini.

Eugène Ionesco pour les Français, Eugen Ionescu pour les Roumains, s'éteint à Paris le 28 mars 1994.

RÉSUMÉ DE *LA CANTATRICE CHAUVE*

SCÈNE I

Une longue didascalie nous introduit à l'appartement des Smith, un couple anglais de la tête au pied : le fauteuil et les pantoufles de M. Smith sont en effet déclarés « anglais », tout comme les chaussettes que raccommode Mme Smith. L'univers est bourgeois, extrêmement ordonné et rythmé par une horloge dont on découvre bientôt qu'elle indique les heures de manière très aléatoire. Mme Smith se lance dans un long commentaire sur le repas qu'ils viennent de prendre tandis que M. Smith, plongé dans la lecture du journal, se contente de « faire claquer sa langue ».

La syntaxe et la thématique des phrases rappellent, dans un style plus contourné, les phrases de la méthode Assimil : « L'huile de l'épicier du coin est de bien meilleure qualité que l'huile de l'épicier d'en face. » (p. 12) Cependant, des expressions insolites viennent rapidement parasiter ce dispositif bien rôdé. Ainsi, lorsqu'elle évoque un poisson qu'elle a fort apprécié, Mme Smith dit : « Je m'en suis léché les babines », avant de rajouter « Ça me fait aller au cabinet » (p. 13).

M. Smith ne sort de son silence que pour contredire son épouse qui est en train de faire l'éloge d'un médecin répondant au nom improbable de MacKenzie-King. Il déploie alors, avec un imperturbable aplomb, une logique aussi sophistiquée qu'absurde pour finalement déclarer qu'« un médecin consciencieux doit mourir avec le malade s'ils ne peuvent guérir ensemble » (p. 16). Continuant à filer imperturbablement les syllogismes, il finit par conclure que « seule la marine est honnête en Angleterre » (p. 17).

S'ensuit un long dialogue sur la mort, annoncée dans le journal, d'un certain Bobby Watson. Il s'avère bientôt que tout le monde dans la famille de Bobby Watson, fils, épouse, tantes et cousins, s'appelle Bobby Watson. Bien que cet état de fait prête naturellement à confusion, les deux époux commentent sans perdre leur contenance les faits et gestes des différents Boby Watson.

SCÈNE II

La bonne, Mary, qui a eu quartier libre pendant la journée, entre en scène. Viennent ensuite les propos contradictoires de M. Smith qui prétend n'avoir rien mangé de la journée et qui, bientôt, reproche à Mary de s'être absentée. Entre rires et larmes, cette dernière annonce de but en blanc qu'elle s'est acheté un pot de chambre, avant d'aller accueillir M. et Mme Martin, les invités des Smith.

SCÈNE III

Mary reproche aux Martin d'arriver en retard et leur ordonne sèchement de s'asseoir et d'attendre.

SCÈNE IV

Longue scène durant laquelle M. et Mme Martin, après un moment de complète amnésie, finissent par se rappeler qu'ils sont mari et femme. Ils constatent en effet qu'ils ont fait exactement la même chose les jours précédents, qu'ils

habitent à la même adresse, ponctuant leur dialogue de
« Comme c'est curieux ! comme c'est bizarre ! » (p. 32-33).
Ce n'est que lorsque qu'ils évoquent leur fille Alice, qui a
« un œil blanc et un œil rouge », que M. Martin finit par
s'écrier « Elizabeth, je t'ai retrouvée », ce à quoi Mme Martin
répond « Donald, c'est toi, darling ! » (p. 37).

SCÈNE V

Mary joue pourtant les trouble-fête en révélant aux
spectateurs qu'Elizabeth n'est en fait pas Elizabeth et que
Donald n'est pas Donald, malgré les « coïncidences extraor-
dinaires » (p. 38) qui les ont amenés à cette conclusion. En
effet, « tandis que l'enfant de Donald a l'œil blanc à droite
et l'œil rouge à gauche, l'enfant d'Elizabeth a l'œil rouge à
droite et le blanc à gauche ! » (*ibid.*). Elle révèle également
au public que son vrai nom est Sherlock Holmes.

SCÈNE VI

M. et Mme Martin se promettent mutuellement d'oublier
tout ce qui vient d'arriver et de vivre « comme avant ».

SCÈNE VII

La conversation, hésitante et entrecoupée de silences,
a du mal à s'amorcer entre les convives, jusqu'à ce que
Mme Martin affirme avoir assisté à une chose incroyable
(p. 44). Elle raconte en effet qu'elle a croisé dans la rue un
homme penché, occupé à renouer ses lacets, ce que tous les
convives s'accordent à trouver extraordinaire.

La conversation est alors interrompue par trois fois par un bruit de sonnette. À trois reprises, Mme Smith ouvre la porte, mais constate à chaque fois qu'il n'y a personne. À la quatrième sonnerie, elle décide de ne plus aller ouvrir. S'ensuit une discussion animée avec son mari : alors que ce dernier affirme qu'il y a toujours quelqu'un quand la sonnette retentit, Mme Smith soutient au contraire qu'il n'y a jamais personne. M. Smith finit par aller ouvrir la porte et accueille le capitaine des pompiers.

SCÈNE VIII

M. et Mme Smith lui font part de leur querelle philosophique en lui exposant leurs arguments respectifs. Le capitaine des pompiers finit par les mettre d'accord en affirmant que lorsque l'on sonne à la porte, « des fois il y a quelqu'un, d'autres fois il n'y a personne » (p. 60). Après avoir précisé qu'il est en mission de service, le capitaine des pompiers demande s'il y a le feu chez les Smith ou chez les Martin, mais se voit, à son grand regret, répondre par la négative. Il se plaint alors du manque de travail, des faibles revenus consentis par le métier de pompier, des taxes et autres réglementations qui l'empêchent d'intervenir dans certains cas (étrangers, hommes d'Église). Mme Smith lui demande alors de raconter des « anecdotes ». Le capitaine des pompiers obtempère et se lance dans le récit de courtes fables sans queue ni tête mettant en scène des animaux. Puis M. Smith raconte à son tour une histoire et rencontre un beau succès, ce qui n'est pas sans provoquer la jalousie du capitaine des pompiers. Sa femme l'imite. Ce n'est que lorsque le capitaine des pompiers annonce qu'il doit partir qu'on le sollicite de nouveau, avec un empressement redoublé. Au lieu d'une histoire, il se met alors à égrener une généalogie sans fin intitulée « Le rhume ».

SCÈNE IX

Malgré la claire désapprobation des Smith et des Martin, Mary insiste pour raconter elle aussi une anecdote et reconnaît concomitamment son ancien amant dans le capitaine des pompiers. Émus par leurs retrouvailles, ils esquissent des gestes de tendresse qui perturbent les convives. Au comble de l'enthousiasme, Mary récite enfin un poème intitulé « Le Feu », en même temps qu'elle est poussée hors de la pièce par les Smith.

SCÈNE X

Le pompier annonce, au grand regret des convives, qu'il est temps pour lui de partir, car il a un incendie « dans trois quarts d'heure et seize minutes » (p. 87). En partant, il s'enquiert d'une certaine cantatrice chauve, ce à quoi Mme Smith répond, dans une atmosphère de gêne : « Elle se coiffe toujours de la même façon. » (p. 88)

SCÈNE XI

Les convives se lancent alors dans une forme de joute verbale sans objet à base de proverbes, dictons, le plus souvent déformés. Sous l'effet d'une tension qui ne cesse de monter, d'une nervosité générale dont la source reste mystérieuse, le langage commence à se désarticuler, le sens des phrases s'efface devant de simples assonances, rimes ou virelangues endiablés. Finalement, le langage est réduit à des sons, aux lettres de l'alphabet, puis à des onomatopées. Enfin, les Smith et les Martin prononcent, phonème après phonème, à quatre voix, la dernière phrase de la pièce qui est : « C'est pas par là, c'est par ici... » (p. 101)

La lumière s'éteint, la pièce prend fin pour immédiatement recommencer, à la différence près que le couple de départ est maintenant formé par les Martin.

L'ŒUVRE EN CONTEXTE

LA RONDE SANS FIN DES IDÉOLOGIES DE LA ROUMANIE À LA FRANCE

Après avoir assisté, dans les années trente, à l'inexorable montée du fascisme et de l'antisémitisme dans son pays natal, Ionesco voit depuis son refuge français la Roumanie de l'après-guerre basculer peu à peu dans le camp soviétique. Bien qu'il ne soit pas insensible aux idéaux d'égalité sociale et de promotion des plus démunis portés par le communisme, il est par contre franchement hostile à sa variante soviétique, dans laquelle il voit l'illustration du dévoiement qui guette, selon lui, toute idéologie arrivée au pouvoir, aussi généreuse soit-elle à ses débuts.

De plus, en 1946, Ionesco est condamné par contumace à six années de prison par un tribunal martial roumain pour un article jugé antipatriotique, des généraux favorables à Moscou ayant fait pression dans ce sens. Il ressent désormais dans sa chair la ligne de fracture politique et idéologique qui se dessine entre Europe de l'Ouest et Europe de l'Est. Ainsi, il ne reverra plus son père ni la plupart des membres du clan Ionescu. L'histoire et son moteur idéologique ont de nouveau fait irruption dans sa vie.

Mais la France est elle-même loin d'être épargnée par cette extrême instabilité de l'après-guerre, alors que de nouvelles lignes de front sont en train de se dessiner à l'intérieur de l'Europe, mais aussi, par capillarité, dans les sociétés de l'Ouest (France, Italie, Belgique entre autres).

Le contexte d'inflation, les rationnements, le gel des salaires ont exacerbé des conflits latents qui prennent en 1947 la forme de quasi-émeutes. Le Parti communiste et la CGT (Confédération générale du travail) jouent un rôle majeur dans l'organisation des grèves, et l'expression des revendications se base désormais sur une épreuve de force. La chute du gouvernement de Paul Ramadier (1888-1961) qui regroupe centristes, socialistes et communistes occasionne l'arrivée du socialiste Jules Moch (1893-1985) au poste de ministre de l'Intérieur, lequel n'hésite pas à employer tous les moyens à sa disposition, dont l'armée, pour refermer la parenthèse insurrectionnelle. Dans de nombreux cercles politiques, aussi bien de gauche que de droite, l'idée circule que le Parti communiste français a installé une situation insurrectionnelle dans le but de s'emparer du pouvoir. La société française est désormais travaillée par un climat de suspicion à l'égard du communisme.

LE REFUS DE L'ENGAGEMENT POLITIQUE

Si Ionesco ne succombe pas à la peur du danger communiste, il n'accueille pas non plus avec beaucoup d'enthousiasme son entrée en grâce chez de nombreux intellectuels français, dont certains « mandarins » durablement investis d'un véritable pouvoir médiatique, à l'image d'un Sartre mais également d'un Roland Barthes (1915-1980), les deux archétypes, pour Ionesco, de l'intellectuel engagé imbu de son magistère.

Son scepticisme à l'égard des « lendemains qui chantent » s'appuie de plus sur une vision personnelle de l'histoire, vécue comme une chute torrentielle et non comme un progrès obéissant à un plan, comme dans les systèmes philosophiques de Hegel (1770-1831) ou de Marx (1818-1883). Aux généralités, il préfère les situations individuelles, véritables miroirs, selon lui, de l'universel.

Ce goût du particulier, du concret, préféré à l'abstrait, du cas irréductible au système, a sans doute motivé son attirance pour la pataphysique d'Alfred Jarry ainsi que pour l'œuvre de Raymond Queneau (1903-1976), lequel s'est proposé, durant l'après-guerre, de faire renaître cette « science des solutions imaginaires » conçue par l'auteur d'*Ubu roi*, une science dont le sérieux ostentatoire et de parodie a pour principale mission de déclencher un rire libérateur. Le pataphysicien met en effet les sophistications de la pensée au service du dérisoire : il se concentre sur des objets isolés dont il fait ressortir l'irréductible étrangeté à la manière de Marcel Duchamp, lui-même pataphysicien, avec sa fameuse pissotière. M. Smith, dans *La Cantatrice*, sera un pataphysicien qui s'ignore, tout comme le personnage de la cantatrice chauve, en tant qu'objet autant unique qu'indéfinissable, se trouvera revêtu d'une aura toute pataphysique.

Méfiance à l'égard d'un art engagé, recherche de vérités échappant aux cycles des idéologies et au torrent de l'histoire, goût pour la sophistication et le rire pataphysiques dans un monde devenu difficilement lisible : on a déjà là une grande partie des éléments qui, dans l'après-guerre, président à la genèse de *La Cantatrice chauve*.

UNE ÉPOQUE DE RUPTURE DES CODES LITTÉRAIRES ET ESTHÉTIQUES

Les années quarante sont en fait une période de quasi-silence pour Ionesco, hormis son journal – le genre littéraire par excellence, affirmera-t-il par la suite – dans lequel il exprime au jour le jour son désarroi face à un monde qui semble devenu fou. L'hitlérisme, le fascisme et la cohorte de maux entraînés par le court triomphe de ces idéologies de mort, dont l'indicible holocauste, lancent un défi qui semble insurmontable à de nombreux écrivains et intellectuels. Camus (1913-1960) répondra par un théâtre du questionnement moral, de l'irrémédiable solitude des consciences et de la révolte, unique porte de sortie individuelle dans un monde déshumanisé ; Sartre, de son côté, insistera sur la notion de liberté, une liberté initiale fondatrice de la conscience et devant déboucher, pour se concrétiser, sur un engagement qui, dans ses pièces, est conçu comme une force de projection vers un monde à réinvestir par l'action, seul remède à l'effondrement métaphysique occasionné par la Seconde Guerre mondiale (1939-1945).

Ionesco optera quant à lui pour un anti-théâtre provocateur, cantonné à une révolution esthétique. *La Cantatrice chauve* est le premier exemple de ce théâtre sans intrigue où l'on ne cherche plus, contrairement à la dramaturgie classique, à entraîner l'adhésion du public, notamment par le biais d'une identification au jeu des acteurs. On insiste au contraire sur les notions d'incommunicabilité entre les êtres dans un univers en décomposition, à l'image des sociétés des années trente, où seules les habitudes organisent encore une illusion de cohérence. Arthur Adamov (1908-1970) et Samuel Beckett (1906-1989) prendront une direction semblable et donneront naissance à un nouveau courant littéraire, le théâtre de l'absurde.

Le Nouveau Roman participera lui aussi de ce rejet des anciennes conventions littéraires en déconstruisant les notions de personnage, de cadre historique et social, et d'intrigue, au profit du seul processus d'écriture, considéré comme une fin en soi. La subjectivité de l'auteur s'efface pour laisser place à de très sophistiqués procédés d'écriture. Théâtre de l'absurde et Nouveau Roman semblent naître tous deux d'un doute fondateur : est-il encore possible de rendre compte d'un monde rendu précaire par la ronde contradictoire des idéologies et menacé, avec l'invention de l'arme atomique, jusque dans sa réalité physique ?

Enfin, la musique et les arts plastiques sont traversés par une même tentation de l'abstraction et d'un épurement de l'expression poussé à l'extrême avec notamment les premiers essais de musique concrète de Pierre Henry (les bruits de la vie quotidienne forment, décontextualisés, une trame musicale d'où la mélodie a disparu) et l'expressionnisme abstrait d'un Jackson Pollock (1912-1956) aux États-Unis, d'un Georges Mathieu (1921-2012) ou d'un Hans Hartung (1904-1989) en France, où le désir de représenter s'efface au profit d'un geste pur *a priori* dénué d'intention.

C'est dans ce contexte de rupture avec les codes et de l'émergence d'une nouvelle génération d'artistes, d'écrivains et de philosophes, tous marqués à divers degrés par la rupture qu'ont provoqué dans les esprits la Seconde Guerre mondiale et la Shoah, que s'inscrit *La Cantatrice chauve*, œuvre néopataphysique marquée par un parti pris de l'abstraction et traversée par une esthétique du concret qui n'est pas sans rappeler, notamment dans le traitement du langage comme un matériau sonore privé de sens, les sons sans mélodie de la musique de Pierre Henry.

ANALYSE DES PERSONNAGES

Un monde et un langage excessivement normés

Tout dans l'évocation initiale des Smith et de leur intérieur
respire l'ordre et la norme : l'horloge qui rythme leurs gestes
quotidiens, l'insistance de Mme Smith à souligner le caractère anglais, comme pour s'assurer de leur « orthodoxie »,
d'éléments aussi triviaux que la salade ou l'eau (les enfants
ont bu de l'eau anglaise, p. 11) ou encore la structure de leur
famille (deux enfants, la norme démographique anglaise des
années cinquante). Le style Assimil, didactique et inexpres-
sif à souhait, qui marque les échanges initiaux entre les deux
époux, avant de se dérégler radicalement, apparaît comme
le reflet de cet ordre bourgeois qui glisse rapidement vers
un désordre marqué du sceau de l'absurde. La clarté de leur
réalité quotidienne tourne à l'opacité et au mystère ; le fa-
milier devient étranger ; l'ordre devient désordre, à l'image
de l'horloge qui se dérègle. Ainsi, M. Smith se demande
pourquoi on n'annonce pas l'âge des nouveau-nés dans les
annonces des journaux, avant d'évoquer une famille où tout
le monde s'appelle Bobby Watson, ce qui est source d'une
inextricable confusion.

Un crescendo de tensions

Bien que d'apparence fusionnelle et harmonieuse, le couple
laisse pourtant transparaître des tensions. Raisonneur
invétéré ayant systématiquement le dernier mot dans les

discussions, M. Smith induit par là même un certain comportement de soumission intellectuelle chez sa femme. Ainsi, au cours de la discussion sur la famille Watson, elle ne cesse de poser des questions à son mari omniscient :

> « Mme Smith – Et quand il n'y pas de concurrence ?
> M. Smith – Le mardi, le jeudi et le mardi.
> Mme Smith – Ah ! trois jours par semaine ? Et que fait Bobby Watson pendant ce temps-là ? » (p. 23)

Cette attitude finit par indisposer M. Smith qui tient alors des propos offensants : « Je ne peux pas tout savoir. Je ne peux pas répondre à toutes tes questions idiotes. » (*ibid.*)

Des tensions ressurgiront à l'occasion de l'épisode de la sonnette (scène VII), avant que les époux n'entrent en compétition pour le récit d'anecdotes. Enfin, ils seront des adversaires déchaînés dans l'ultime joute verbale à laquelle participeront également les Martin.

Le bourgeois selon Ionesco

Ionesco nous offre l'image, en grossissant volontairement le trait, d'une bourgeoisie orthodoxe et sans histoire où des tensions cachées accompagnent le lent dérèglement d'un univers excessivement normé. Mais si M. et Mme Smith incarnent la bourgeoisie, c'est dans le sens très personnel que donne Ionesco à ce mot. En effet, pour ce dernier, le bourgeois est essentiellement la personne qui a renoncé à sa dimension intérieure, son moi profond, et qui de ce fait arrête de penser et de sentir. Le langage stéréotypé des Smith n'est que l'expression de ce renoncement.

Dans le long dialogue où ils passent en revue leur vie respective pour l'analyser méthodiquement (scène III), les Martin font preuve d'une capacité autoréflexive dont les Smith, couple fusionnel dominé par une horloge sonnant un éternel présent, semblent totalement dépourvus.

Face à un couple sans histoire, les Martin s'inventent une histoire avec ses péripéties. Leur courte amnésie (ils oublient qu'ils forment un couple) est l'occasion pour eux de jeter un regard sur leur existence, d'en détailler par le menu les événements récents, ainsi que d'aboutir à la conclusion qu'ils forment bien un couple. C'est en se disjoignant, en redevenant momentanément deux entités distinctes, qu'ils redécouvrent, dans un assaut de tendresse, leur vie ensemble. Leur statut plus précaire d'invités, de déplacés donc, face aux Smith sédentaires, est peut-être l'occasion de cette péripétie qui contribue à les rendre momentanément plus vivants.

Ils adoptent ensuite une attitude de léger retrait par rapport aux Smith : ils ne prennent par exemple pas part au récit d'anecdotes (scène VIII), se contenant de complimenter poliment les divers intervenants. Mais lorsqu'ils se retrouvent à nouveau en tête-à-tête avec les Smith (dernière scène), le relatif effacement qui les avait caractérisés jusque-là prend fin. Oubliant toute règle de préséance, ils se placent sur un même pied d'égalité que leurs hôtes. Les liens de couple se diluent sous la pression d'une compétition du tous contre tous, et les quatre finissent par former une même entité répétant la même phrase. Les Martin remplacent finalement les Smith, signe que les deux couples sont devenus interchangeables.

MARY, LA BONNE SPONTANÉE ET SUBVERSIVE

Dans ce rigide quadrilatère bourgeois formé par les Smith et les Martin, Mary introduit un élément de désordre. Dès son entrée en scène, elle détonne en effet par son comportement expressif et sa spontanéité :

> « MARY, éclate de rire. Puis elle pleure elle sourit. – Je me suis acheté un pot de chambre. » (p. 26)

Ensuite, elle porte un regard lucide et affûté sur la société des Smith et consorts, à la manière d'un détective qui, en dehors des sentiers battus, rétablit des vérités subversives, en particulier lorsqu'elle met en doute les conclusions des Martin sur la réalité de leur couple : il a beau reconnaître en elle Elizabeth, elle a beau croire qu'il est Donald, ils se trompent amèrement (p. 38).

Par la suite, son comportement se fait frondeur. Elle remet en effet en cause les hiérarchies sociales en se mêlant à la conversation. En outre, ses retrouvailles avec le pompier, son ex-amant, font transparaître la dimension érotique du personnage. Le bref échange qui a lieu à cette occasion est ainsi caractérisé par la franchise un peu crue des expressions :

> « Le pompier – C'est elle qui a éteint mes premiers feux.
> Mary – Je suis son petit jet d'eau. » (p. 82)

LE POMPIER, UN PERSONNAGE CONTRADICTOIRE QUI DÉCLENCHE L'AFFRONTEMENT FINAL

Un adulte-enfant

Parmi tous les personnages, le pompier est celui qui semble affronter le plus directement la réalité, et ce sous deux rapports : sous un rapport physique, puisqu'il lutte directement contre les éléments, mais également sous un rapport économique et social. En effet, il est soumis à de dures lois de rentabilité (« Ça ne rapporte pas. Et comme il n'y a pas de rendement, la prime à la production est très basse », p. 62) ainsi qu'à des réglementations tatillonnes qui entravent son commerce (« … je n'ai pas le droit d'éteindre le feu chez les prêtres », p. 65). Mais cette dimension entre en contradiction avec un caractère immature, voire infantile. Il se cache, « pour rire », après avoir sonné à la porte. Ensuite, intimidé par les convives, il hésite à se lancer dans le récit de son anecdote, ce qui lui vaut la réplique de Mme Smith : « Je vous l'avais dit : c'est un gosse. » (p. 68)

Un pompier pyromane

Mais c'est surtout l'influence que sa présence exerce sur les convives qui s'avère à double tranchant. D'un côté, il a un rôle d'apaisement et de conciliation. Aussi éteint-il l'« incendie » qui se profilait à l'occasion de la dispute entre M. Smith et son épouse, en disant : « Je vais vous mettre d'accord. Vous avez un peu raison tous les deux… » (p. 60)

Ensuite, il tient à prévenir d'autres départs de discordes, au risque de se mêler des affaires personnelles des Smith :

> « Le pompier – Je vais vous prier de vouloir bien excuser mon indiscrétion (très embarrassé) ; euh (il montre du doigt les époux Martin)... puis-je... devant eux
> [...]
> M. Smith – Dites.
> Le pompier – Eh bien, voilà. Est-ce qu'il y a le feu chez vous ? » (p. 61)

D'un autre côté, la présence de cet homme en butte aux éléments et à la dureté du monde excite littéralement chez les convives le désir de connaître une vérité non livresque et par là même vivifiante :

> « M. Smith – Et ce qui est le plus intéressant, c'est que les histoires du pompier sont vraies, toutes, et vécues.
> Le pompier – Je parle de choses que j'ai expérimentées moi-même. La nature rien que le nature. Pas les livres.
> M. Smith – C'est exact, la vérité ne se trouve d'ailleurs pas dans les livres, mais dans la vie. » (p. 67)

Cependant, le désir de connaître les vérités du pompier se transforme bientôt en désir d'exprimer sa propre vérité, ce qui enclenche le cycle, fatal pour le langage, de compétition entre les Smith et les Martin.

LA CANTATRICE CHAUVE, UNE PRÉSENCE-ABSENCE

La cantatrice chauve, personnage qui se résume à une création lexicale proche de l'oxymore (apposition de deux termes contradictoires), agit à la manière d'une absente présente. À la fois omniprésente (par le titre) et « omni-absente » de la pièce, elle suscite une attente, une tension, qui ne sera résolue qu'au moment où le pompier l'évoquera pour la première et dernière fois.

On peut observer que cette apparition se confond avec le départ du pompier (p. 88), moment de basculement vers la libération des tensions qui marqueront la dernière scène. Pure création poétique dans l'esprit du surréalisme, la cantatrice pourrait être entrevue comme le symbole de la puissance poétique du verbe. En faisant soudain irruption, par son seul nom, dans un univers oppressant où le langage est excessivement normé, elle contribue, à la manière d'une étincelle, à la fois vivifiante et abrasive, à faire voler en éclats cet univers trop normé et son langage mécanique.

ANALYSE DES THÉMATIQUES

ANTI-THÉÂTRE ET MÉTAPHYSIQUE

Une méfiance fondatrice à l'égard du théâtre

Dans ses écrits critiques, Ionesco insiste à plusieurs reprises sur la méfiance qu'il a longtemps nourrie à l'égard du théâtre ; mais, avant la méfiance de l'adulte, il y a d'abord eu l'incrédulité de l'adolescent : « C'est avec une conscience en quelque sorte désacralisée que j'assistais au théâtre, et c'est ce qui fait que je ne l'aimais pas, ne le sentais pas, n'y croyais pas. » (*Notes et contre-notes*, p. 50) L'opposition qu'il perçoit entre une présence physique, les corps des acteurs, et l'imaginaire dont ils sont à la fois le support et les interprètes provoque chez lui une forme de désarroi :

> « Je crois comprendre maintenant que ce qui me gênait au théâtre, c'était la présence sur le plateau des personnages en chair et en os. Leur présence matérielle détruisait la fiction. Il y avait là comme deux plans de réalité, la réalité concrète, matérielle, appauvrie, vidée, limitée, de ces hommes vivants, quotidiens, bougeant et parlant sur scène, et la réalité de l'imagination, toutes deux face à face, ne se recouvrant pas, irréductibles l'une à l'autre : deux univers antagonistes n'arrivant pas à s'unifier, à se confondre. » (*Notes et contre-notes*, p. 49)

Alors que Ionesco appréciait le cinéma, qui était résolument pour lui du côté de la seule imagination, il voyait le théâtre comme un genre impur, à mi-chemin entre la réalité physique et les images que produit le texte littéraire. D'autre part, sensible à la valeur de l'art pour l'art et rétif à tout discours idéologique, il ne pouvait adhérer au concept de théâtre engagé dont Brecht (1898-1956) était alors le représentant attitré : « Les démonstrations, les pièces à thèse sont grossières, tout y est approximatif. Le théâtre n'est pas le langage des idées. » (*ibid.*, p. 59)

Une pièce à valeur de programme pour l'anti-théâtre de Ionesco

Le théâtre de Ionesco ne pourra donc être qu'anti-théâtre, en particulier *La Cantatrice chauve* qui, en tant que première pièce du dramaturge, se trouve investie d'une valeur programmatique.

Réduits à un nom (les Smith et les Martin), à une marque sociale stigmatisante (la bonne) ou à une fonction (le pompier), les personnages de *La Cantatrice chauve* sont des formes vides soumises aux divagations du langage, des automates parlant, plus proches des machines cybernétiques alors naissantes (les premiers ordinateurs entre autres) que des personnages du théâtre de Sartre ou de Camus.

L'intrigue, dont Ionesco maintient habilement l'illusion par le jeu classique d'entrées et de sorties des personnages propre au théâtre de Georges Feydeau (1862-1921), brille par son absence, ce qui dispense également l'auteur de délivrer un message. La comédie (répliques absurdes, syllogismes loufoques, jeux de mots) débouche sur la tragédie finale, celle de la dislocation du langage en atomes sonores tandis que les personnages sombrent dans une forme d'hystérie. Comme dans beaucoup de pièces de Ionesco, les deux registres se mêlent, ce qui contribue à maintenir une ambivalence, une dualité, qui pour le dramaturge est le reflet même de la vie.

Ionesco n'hésite pas à grossir les traits (les Smith et les Martin sont des bourgeois caricaturaux, stéréotypés) et à utiliser les ficelles de l'humour burlesque :

> « Mme SMITH – Le poisson était frais, je m'en suis léché les babines. J'en ai pris deux fois. Non trois fois. Ça me fait aller au cabinet. » (p. 13)
> « M. MARTIN – Vous avez du chagrin ?
> Mme SMITH – Non. Il s'emmerde. » (p. 42)

Ces occurrences illustrent un objectif essentiel de l'auteur, celui de rendre les ressorts du théâtre les plus visibles possible.

> « Si donc la valeur du théâtre était dans le grossissement des effets, il fallait les grossir davantage encore, les souligner, les accentuer au maximum... Il ne fallait pas cacher les ficelles, mais les rendre plus visibles encore, délibérément évidentes, aller au fond dans le grotesque, la caricature, au-delà de la pâle ironie des spirituelles comédies de salon. » (*Notes et contre-notes*, p. 59)

Ionesco a évoqué à ce propos son attirance pour le théâtre des marionnettes, où les ficelles sont vraiment visibles et dans lequel il entrevoit une force primitive qui fait défaut, selon lui, aux jeux brillants du théâtre bourgeois. Les premiers personnages de Ionesco, ceux de *La Cantatrice chauve*, sont ainsi précisément des marionnettes tirées par les fils des conventions langagières.

Un théâtre métaphysique

Au-delà d'un aspect purement négatif d'anti-théâtre et de l'usage systématique de l'absurde et du burlesque, le théâtre de Ionesco a une haute ambition qu'il qualifie lui-même de métaphysique (du grec *meta phusika*, « au-delà du physique ») : s'affranchissant des catégories historiques, sociales et politiques, le message que Ionesco souhaite transmettre a trait à des « évidences cachées », essentielles. Dans *La Cantatrice chauve*, qu'il entrevoit lui-même comme une « tragédie du langage », ce qu'il entend dévoiler est non seulement l'aspect oppressif et absurde d'un langage fait de conventions et d'automatismes, mais peut-être également l'incompréhensible violence que ce corset langagier peut générer, à l'image de la soudaine rage de s'exprimer qui s'empare des Smith et des Martin à la fin de la pièce. De fait, c'est une sorte de malaise, corollaire de la lente révélation d'une vérité cachée, qu'étaient censés ressentir les spectateurs au moment de la première représentation :

> « Je m'imaginai avoir écrit quelque chose comme la tragédie du langage !... Quand on joua, je fus presque étonné d'entendre les rires des spectateurs qui prirent et prennent toujours cela très gaiement, considérant que c'était bien une comédie, voire un canular. Quelques-uns ne s'y trompèrent (Jean Pouillon, entre autres) qui sentirent le malaise. » (*Notes et contre-notes*, p. 248)

ABSURDE OU INSOLITE ?

Susciter le vide...

Le qualificatif d'absurde est régulièrement apposé au

théâtre de Ionesco, en particulier à *La Cantatrice chauve*, sa pièce la plus radicale en la matière. En effet, à l'orée des années cinquante, le projet avant-gardiste de Ionesco est de débarrasser le théâtre de toute dimension argumentative, psychologique ou encore des velléités d'engagement politique qui caractérisent de nombreux dramaturges de l'époque. Privé de ses ficelles classiques, le langage théâtral qui se déploie dans *La Cantatrice chauve* apparaît à la fois comme épuré, débarrassé des subtilités propres au théâtre classique, mais aussi hanté par un vide, un manque que l'auteur, loin de vouloir colmater, tient au contraire à mettre en avant. « *La Cantatrice chauve* aussi bien que *La Leçon* : entre autres, tentatives d'un fonctionnement à vide du mécanisme du théâtre », écrit ainsi Ionesco dans son journal en 1951 (*Notes et contre-notes*, p. 250)

Il exprime également avec beaucoup de précision l'épisode d'élaboration de la pièce et le sentiment d'effroi mêlé de doute qui s'est emparé de lui face au vide qu'il était en train de susciter par l'écriture :

> « Le monde m'apparaissait dans une lumière insolite, peut-être dans sa véritable lumière, au-delà des interprétations et d'une causalité arbitraire [...]. De temps à autre, j'étais obligé de m'interrompre et, tout en me demandant quel diable me forçait de continuer d'écrire, j'allais m'allonger sur le canapé avec la crainte de le voir sombrer dans le néant ; et moi avec. » (*ibid.*, p. 248)

... Pour diffuser un sentiment d'insolite

Mais ce vide culminant dans l'absurde n'est pas un objectif

en soi pour Ionesco, ni le fait d'une croyance de l'auteur en une quelconque absurdité du monde ; Ionesco parle plus à cet égard d'un monde étrange ou incompréhensible que d'un monde dénué de sens. Le principal objectif du dramaturge est en effet de faire naître chez le spectateur un sentiment d'insolite face au spectacle de la banalité quotidienne : « Mon but est de rendre le quotidien insolite », souligne-t-il lors d'un entretien accordé à la revue *Paris-théâtre*, au moment de la création de la pièce, avant d'ajouter quelques années plus tard (1955) dans un article du magazine *Arts* : « J'ai dit qu'elle (*La Cantatrice*) était l'expression d'un sentiment de l'insolite devant le quotidien, un insolite qui se révèle même à l'intérieur de la banalité la plus usée. »

De fait c'est toute la réalité quotidienne qui bascule dans l'insolite : des objets neutres qui, en début de pièce, sont qualifiés d'« anglais » ; l'horloge qui égrène imperturbablement des heures aléatoires tout en restant une horloge ; les époux Martin qui oublient qu'ils forment un couple, et qui, confrontés à la banalité de leur vie quotidienne, s'exclament « comme c'est curieux, mon Dieu, comme c'est bizarre » (p. 32-33) ; la bonne qui tout à coup déclare s'appeler Sherlock Holmes ; la sonnette actionnée par des absents ; le pompier casqué qui se transforme en convive volubile ; les improbables retrouvailles de ce dernier avec son premier amour, Mary, et surtout l'étrange nervosité qui s'empare des convives suite à son départ et à l'évocation de la mystérieuse cantatrice chauve.

Le choc de l'insolite

Dans son étymologie même (*insolitus* en latin), le mot « insolite » porte l'idée d'inhabituel, d'inattendu, de surprise ; une surprise qui peut glisser vers l'émerveillement ou l'effroi, comme le souligne André Le Gall, le biographe de Ionesco :

> « Insolite, absurde, les deux mots ne sont pas interchangeables. Vers 1950, l'absurde était en suspens dans l'éther philosophique et s'offrait de toute sa splendeur journalistique aux classificateurs. L'insolite relève du constat : effroi, émerveillement. » (LE GALL (André), *Ionesco*, Paris, Flammarion 2009, p. 280)

L'insolite, loin d'être une fin en soi, devient donc pour Ionesco un moyen de déstabiliser le spectateur, et ce dans un but bien précis. En effet, s'il tient tant à lui infliger un choc comparable en un sens à celui provoqué par les sentences à première vue déroutantes d'un maître de zen (religion à laquelle Ionesco était d'ailleurs sensible), c'est pour le faire accéder, dans le cadre d'un théâtre finalement plus métaphysique qu'absurde, à ce qu'il entrevoit comme des vérités essentielles.

LANGAGE ET DÉSIR MIMÉTIQUE

Le désir mimétique selon René Girard

La longue joute verbale qui s'exacerbe au moment du départ du capitaine des pompiers pourrait servir à illustrer la théorie du désir mimétique de René Girard (1923-2015). Dans le désir mimétique tel que le définit le philosophe français, l'objet n'est désiré qu'en fonction du désir d'un autre. En effet, selon Girard, si deux enfants désirent un même jouet, c'est parce que chacun imite le désir de l'autre ; ils commencent alors à littéralement rivaliser de désir pour le jouet. Deux personnes entrent ainsi en rivalité pour un même objet ou pour une tierce personne (rivalité amoureuse). « L'homme désire toujours selon le désir de l'Autre », écrit René Girard (*Mensonge romantique et vérité romanesque*). Mais en s'exacerbant dans une sorte de surenchère, ce désir mimétique devient rapidement un vecteur de violence. La rivalité mimétique débouche sur une violence mimétique : les deux enfants peuvent en venir aux mains pour s'emparer du jouet désiré, lequel devient d'ailleurs accessoire par rapport au nouveau désir (désir de violence), qui s'est emparé des deux rivaux. L'objet n'est plus qu'un prétexte à un affrontement personnel, à ce que l'on pourrait qualifier de choc des ego.

Le crescendo de la rivalité mimétique dans *La Cantatrice chauve*

Dans le cas de *La Cantatrice chauve*, les premiers signes de rivalité mimétiques apparaissent à l'occasion de la dispute « philosophique » des époux Smith, à propos de la présence ou non de quelqu'un quand la sonnette de la porte retentit. Les deux époux s'affrontent dans une suite de répliques qui fusent et s'entrechoquent sans espoir de conciliation :

> « M. MARTIN – En somme, nous ne savons toujours pas si, lorsqu'on sonne à la porte, il y quelqu'un ou non !
> Mᵐᵉ SMITH – Jamais personne.
> M. SMITH – Toujours quelqu'un. » (p. 59)

Chacun imite « le désir d'avoir raison » de l'autre, jusqu'à ce que le pompier parvienne, par une position conciliatrice, à mettre fin – très provisoirement néanmoins – à cette rivalité mimétique naissante. Investi d'une aura de bons sens, le pompier se retrouve alors au centre de l'intérêt des convives qui s'exclament, au moment où il fait part de son désir de raconter une « anecdote » :

> « Oui, oui, des anecdotes, bravo !
> Ils applaudissent. » (p. 67)

On acquiesce avec enthousiasme au désir du pompier. Surenchérissant, M. Smith prête alors un caractère de véracité systématique à ses histoires : « Et ce qui est encore plus intéressant, c'est que les histoires des pompiers sont vraies, toutes, et vécues. » (p. 67)

Cependant, c'est le même pompier qui déclenche ensuite une avalanche de rivalités mimétiques. Cela commence avec M. Smith qui s'arroge unilatéralement le droit de raconter à son tour une anecdote, celle du « Serpent et du Renard » (p. 71), ce qui lui attire les félicitations de M. Martin (p. 72), mais aussi la jalousie du pompier, soudain placé en position de rivalité :

> « Le pompier, jaloux – Pas fameuse. Et puis, je la connaissais. » (p. 73)

Entrant dans la compétition avec les encouragements de M. Martin, Mᵐᵉ Smith raconte elle aussi une histoire qui semble provoquer, en contrepoint du compliment de M. Martin (« Oh charmant ! »), une pointe de jalousie chez Mᵐᵉ Martin : « Vous avez une femme, Monsieur Smith, dont tout le monde est jaloux », dira-t-elle (*ibid.*). Ce à quoi

M. Smith répond par une surenchère, tout comme il l'avait fait lorsque le pompier s'apprêtait à raconter son anecdote. Il rivalise alors de compliments avec Mme Martin : « C'est vrai. Ma femme est l'intelligence même. Elle est même plus intelligente que moi... » (*ibid.*)

La rivalité entre les deux époux étant à nouveau neutralisée par l'intervention de M. Smith et son compliment paradoxal, Mme Smith peut replacer le pompier au centre de l'attention :

> « Mme SMITH, au pompier – Encore une capitaine. » (p. 74)

Et les convives de surenchérir à nouveau, mais de manière presque hystérique cette fois, après que le pompier a refusé :

> « Mme MARTIN – Vous avez un cœur de glace. Nous sommes sur des charbons ardents.
> Mme SMITH, tombe à ses genoux, en sanglotant, ou ne le fait pas – Je vous en supplie. » (p. 74-75)

Enfin, Mary n'hésite pas à remettre en cause une stricte hiérarchie sociale pour entrer dans la compétition et réciter son poème « Le Feu » (scène IX), poème dont le titre même semble annoncer l'incendie qui se déclenchera après le départ du pompier.

Après le crescendo de rivalités qui se fait jour tout au long de la scène VIII, le départ du capitaine des pompiers marque le basculement vers un conflit ouvert entre les quatre convives, c'est-à-dire vers une phase de violence mimétique. Si sa présence avait provoqué un début de rivalité, elle avait aussi uni les personnages dans une admiration unanime à son endroit. Le pompier suscitait, tout en les neutralisant, des rivalités mimétiques naissantes (rivalités entre M. Smith et le pompier) ou renaissantes (entre les époux Smith). Son départ laisse un vide qui laisse le champ libre à la pleine expression de l'écheveau des désirs mimétiques qui étaient jusque-là en gestation. Une rage d'expression, dont le langage fait les frais, s'empare alors des convives. À la manière d'enfants rivalisant pour un même jouet, un jouet qui serait ici le langage lui-même, ils finissent, à force de tiraillements insensés, par le briser.

Après une série de proverbes recomposés (« celui qui vend aujourd'hui un bœuf, demain aura un œuf », p. 89) ou d'exclamations isolées, c'est un slogan d'apparence politique lancé par M. Smith (« À bas le cirage ! », p. 93) qui inaugure, avec son assonance en « rage », la mise en pièces finale du langage. La syntaxe disparaît alors :

> « M. Smith – Kakatoès, kakatoès, kakatoès... » (p. 94)

S'ensuit une série de répliques caractérisées par des jeux d'assonances en « ca », « cac », « ouche », où l'élément phonétique prédomine. Les mots disparaissent ensuite, remplacés par des lettres, pour finalement laisser la place à une simple onomatopée (« teuf teuf teuf... », p. 94-97) correspondant à un bruit de moteur. Soumis à la violence mimétique des convives qui s'en disputent les lambeaux, le langage, et la force d'expression qui en est inhérente, est désormais réduit à un son mécanique. Cependant, en tant que réceptacle et victime finale de la violence mimétique (on parlerait de « victime émissaire » en langage girardien), le jouet langage permet aussi d'éviter une confrontation directe entre les convives. De fait, c'est à nouveau rassemblés et même fondus dans une même entité à quatre bouches que les époux Smith et Martin énoncent, dans une sorte de transe rythmique, la phrase finale : « C'est pas par là, c'est par ici, c'est pas par là, c'est par ici... » (p. 101) La boucle est bouclée. Le langage, après avoir été disloqué, reprend le dessus sur les individus qui se le disputaient en les fondant dans une même entité parlante. La pièce peut recommencer.

STYLE ET ÉCRITURE

L'EXPÉRIENCE ASSIMIL ET LE COMBAT ENTRE SENS ET SYNTAXE

Selon Ionesco, *La Cantatrice chauve* est tout le contraire d'un texte prémédité qui s'appuierait sur un parti pris d'écriture. Tout serait né de l'ambition d'apprendre l'anglais avec la déjà fameuse méthode « l'anglais sans peine » d'Assimil, à une époque où Ionesco songe d'ailleurs à émigrer aux États-Unis (1948-1949). Le projet se révèle bientôt être un échec : incapable de faire abstraction du sens véhiculé par les phrases de la méthode, Ionesco, au lieu de se concentrer sur l'apprentissage des structures syntaxiques et du vocabulaire, s'abîme, en recopiant méthodiquement les phrases des leçons, dans la contemplation des « vérités » distillées par les Smith et les Martin de la méthode, qui donneront leur nom aux deux couples de convives de *La Cantatrice* :

> « J'ai sans doute assez d'esprit philosophique pour m'être aperçu que ce n'était pas de simples phrases anglaises que je recopiais, mais bien des vérités fondamentales, des constatations profondes. » (*Notes et contre-notes*, p. 244)

Insensiblement, un lien s'établit dans l'esprit du dramaturge encore en devenir entre la nature dialogique de la méthode et le théâtre :

> « [...] Les dialogues des Smith, des Martin, des Smith et des Martin, c'était proprement du théâtre, le théâtre étant dialogue. C'était donc une pièce de théâtre qu'il me fallait faire. » (*ibid.*, p. 245)

D'UNE ABSENCE DE STYLE À L'INFLATION DES PROCÉDÉS D'ÉCRITURE

C'est par un degré zéro de l'écriture que s'ouvre la pièce. Ionesco colle au plus près tant à la syntaxe qu'à la thématique des dialogues Assimil, reprenant jusqu'aux noms des protagonistes de la méthode. On entre dans une mécanique dialogique où la créativité de l'écrivain se résume presque à une opération de copier-coller qui n'est pas sans rappeler celle pratiquée par les surréalistes dans les années vingt (introduction de publicités, de prospectus dans un texte poétique, avec l'objectif de développer une poésie du quotidien) ou encore la technique du *cutting* (utilisation de textes préexistants intégrés aux poésies) du poète américain William S. Burroughs (1914-1997) et des auteurs de la Beat Generation. Le sens s'efface au profit des seuls mécanismes syntaxiques qui tournent alors à vide. Le langage s'apparente à une machine bien huilée et presque autonome dont les règles de fonctionnement écrasent pensées et sentiments, à l'image du monologue de Mme Smith au début de la pièce : « Tiens, il est neuf heures. Nous avons mangé de la soupe, du poisson, des pommes de terre au lard, de la salade anglaise. » (p. 11)

Les lois de la syntaxe saturent le texte de tournures à la complexité tout artificielle :

> « (Parlant du poisson qu'ils ont mangé au repas) Toi aussi tu en as pris trois fois. Cependant, la troisième fois tu en as pris moins que les deux premières fois, tandis que moi j'en ai pris beaucoup plus. » (p. 13)

GREFFES, DISSONANCES ET DÉRÈGLEMENT DE LA MACHINE SYNTAXIQUE

> « Pourtant, le texte de *La Cantatrice chauve* ne fut une leçon (et un plagiat) qu'au départ. Un phénomène bizarre se passa, je ne sais comment : le texte se transforma sous mes yeux, insensiblement contre ma volonté. Les propositions toutes simples et lumineuses, que j'avais inscrites avec application sur mon cahier d'écolier, laissées là, se décantèrent au bout d'un certain temps, se corrompirent, se dénaturèrent. » (*Notes et contre-notes*, p. 246-247)

L'apparente soumission à un degré zéro de l'écriture semble en fait servir à faire jaillir, par réaction, l'étincelle de l'écriture. L'irruption de la créativité et du style ressemble à un retour du refoulé qui, sous forme de greffes, dissonances et dérèglement du sens, prendrait rapidement sa revanche sur la mécanique de la syntaxe. La rigide trame syntaxique des dialogues Assimil offre des failles dans lesquelles s'engouffre le dramaturge, libre dès lors de développer sa propre logique d'écriture.

On observe d'abord, dans le monologue de Mme Smith, la présence intrusive de termes impropres (« Le poisson était frais. Je m'en suis léché les babines », p. 13) ou familiers (« Notre petit garçon aurait bien voulu boire de la bière, il aimera s'en mettre plein la lampe », *ibid.*).

Ces premiers « couacs » mineurs dus aux chocs des registres de langue sont accompagnés de propositions absurdes qui, en venant se greffer à des phrases « valides », introduisent des dissonances majeures : « Cependant, la soupe était un peu trop salée. Elle avait plus de sel que toi. » (p. 14) Plus discrètement, des mots viennent en parasiter d'autres : « On aurait bien fait peut-être de prendre au dessert un petit verre de Bourgogne australien. » (p. 14)

Mais c'est lorsque M. Smith, le plus raisonneur de tous les personnages de la pièce, prend la parole que la dynamique de l'absurde se met définitivement en marche, avec l'irruption de contradictions absolues par lesquelles le sens d'une phrase se voit immédiatement annulé par les phrases suivantes. Les répliques font alors penser à des serpents qui se mordraient la queue :

> « M. SMITH (parlant de la femme de Bobby Watson) – Elle a des traits réguliers et pourtant on ne peut pas dire qu'elle soit belle. Elle est trop grande et trop forte. Ses traits ne sont pas réguliers et pourtant on peut dire qu'elle est très belle. » (p. 21)

M. Smith devient rapidement l'incarnation de la défaite du sens au profit des seules lois syntaxiques dont l'apparence de logique abuse son épouse, comme dans l'occurrence suivante où il s'appuie sur une très arbitraire analogie entre un médecin et un commandant de bateau :

> « M. SMITH – Un médecin consciencieux doit mourir avec le malade s'ils ne peuvent pas guérir ensemble. Le commandant d'un bateau périt avec le bateau, dans les vagues. Il ne lui survit pas.
> Mᵐᵉ SMITH – On ne peut comparer un malade à un bateau.
> M. SMITH – Pourquoi pas ? Le bateau a aussi ses maladies ; d'ailleurs ton docteur est aussi sain qu'un vaisseau ; voilà

> pourquoi encore il devait périr en même temps que le ma-
> lade comme le docteur et son bateau.
> Mᵐᴱ Sᴍɪᴛʜ – Ah ! Je n'y avais pas pensé… C'est peut-être
> juste… et alors, quelle conclusion en tires-tu ? » (p. 16)

Ce procédé de dissonance majeure, de déraillement du sens, sera utilisé par Ionesco tout au long de la pièce, tout comme les autres procédés d'écriture enclenchés dans la première scène. S'y ajouteront également, durant la scène VIII, de nombreux jeux de mots :

> « Lᴇ ᴘᴏᴍᴘɪᴇʀ (racontant une anecdote) – Le veau fut alors
> obligé de se marier avec une personne et la mairie prit alors
> toutes les mesures édictées par les circonstances à la mode.
> M. Sᴍɪᴛʜ – À la mode de Caen.
> M. Mᴀʀᴛɪɴ – Comme les tripes. » (p. 70)

Puis Ionesco a recours à des assonances, dont une occurrence qui annonce, dans la même scène VIII, les virelangues de la dernière scène : « Toujours, on s'empêtre dans les pattes du prêtre », dira M. Smith (p. 79).

Après s'être effacé au profit de la syntaxe en début de pièce, le sens s'incline encore face au son. L'écriture se laisse guider par une logique phonétique : « Cactus, coccyx ! cocus ! coca-chard ! cochon ! », éructe Mᵐᵉ Martin (p. 95).

Ainsi, les occurrences stylistiques et les procédés d'écriture accompagnent et soulignent la dynamique même de la pièce dans son crescendo tragique : degré zéro de l'écriture et opération de copier-coller au début de la pièce, aussitôt suivis d'une inflation de procédés d'écriture qui finissent par se stabiliser dans la scène VIII, jeux d'assonances et réduction du langage à un matériel sonore à la fin de la pièce.

SURRÉALISME ET INCONSCIENT

Figures surréalistes

Collages, juxtapositions de termes antagonistes, improvisation – du moins si l'on en croit Ionesco – d'une écriture déclenchée par un sentiment d'étrangeté face à de banals dialogues d'Assimil, mots et phrases utilisés comme matériau sonore, infusion continue d'un sentiment d'insolite à partir de fragments de réalité... beaucoup d'éléments stylistiques de *La Cantatrice* rappellent les productions du surréalisme ainsi que la technique de l'écriture automatique chères à Breton (1896-1966).

Toujours à l'affût, dans une Roumanie qu'il jugeait trop provinciale, des productions littéraires d'avant-garde parisiennes ou allemandes, Ionesco a en effet été particulièrement sensible aux œuvres des surréalistes français, dont il partageait la volonté de révolutionner le langage littéraire. Mais c'est en France que ce compagnonnage distant de Breton, Soupault (1897-1990) et Péret (1899-1959) a peut-être donné son premier fruit.

Surgissement d'éléments biographiques

Certains éléments de *La Cantatrice chauve* peuvent également être interprétés comme des échos inconscients de la biographie de l'auteur, illustrant ainsi l'injonction bretonienne de libération de l'inconscient pas l'écriture.

Il n'est pas jusqu'à la libération de l'inconscient, prônée

par Breton, qui n'ait laissé ses traces dans la pièce, si l'on en juge par les échos intermittents que *La Cantatrice chauve* renvoie de la propre biographie de Ionesco : un seul nom, Bobby Watson, pour plusieurs êtres, tout comme il y eut un Eugen Ionescu père et un Eugen Ionescu fils, jusqu'au départ de ce dernier de son pays natal et la francisation de son patronyme.

En outre, la très complexe généalogie égrenée dans l'anecdote du pompier intitulée « Le rhume » n'est pas sans rappeler celle de la famille de sa mère, les Ipcar, lignée franco-roumaine où se croisent des racines françaises, grecques et peut-être juives (auxquelles font peut-être aussi référence le fabriquant de yaourts, Popescu Rosenfeld, évoqué par Mme Smith en début de première scène).

Enfin, l'irruption du pompier dans un univers bourgeois, calme et ordonné, pourrait être entrevue comme l'ultime résurgence d'un très ancien souvenir d'enfance de l'auteur, quand le petit Eugène a vu apparaître sur l'écran d'un cinéma parisien des pompiers partis à l'assaut des grandes flammes débordant de l'écran, irruption du rêve dans la réalité, dans un contexte de tragédie familiale, de tensions et de luttes entre le père et la mère de Ionesco. Rêve d'un pompier capable de venir éteindre l'incendie familial des Ionesco.

Surréalisme dialogique

Cependant, dans *La Cantatrice chauve*, le surréalisme latent de Ionesco n'est pas aussi sous-tendu par la création d'images poétiques (hormis quelques occurrences comme le poème « Le Feu » récité par la bonne Mary) que dans d'autres de ses pièces (*Le Piéton de l'air* ou *Jeux de massacre*, par exemple). Il s'agirait plutôt d'un surréalisme dialogique et de situation, où le choc poétique lié à la juxtaposition des images (comme dans les collages de l'Américain Man Ray, 1890-1976, ou dans les premiers films du Mexicain Luis Buñuel, 1900-1983) ou des termes antagonistes (le « la terre est bleue comme une orange » du poète français Paul Éluard, 1895-1952), propre aux productions surréalistes, est remplacé, dans la pièce de Ionesco, par celui des logiques propres à chaque protagoniste, ainsi que par l'irruption systématique d'insoutenables contradictions, de dissonances majeures, dans le discours et les gestes des personnages. L'illogisme et l'absurde de situation développés par l'écriture du dramaturge formeraient ainsi l'ultime figure, théâtrale, d'un surréalisme en fin de course. Breton verra ainsi dans *La Cantatrice chauve* le premier exemple probant de théâtre surréaliste.

RÉCEPTION DE *LA CANTATRICE CHAUVE*

Affiche de *La Cantatrice chauve* au théâtre de la Huchette en 1950.

À ses débuts (au théâtre des Noctambules puis de la Huchette), la réception de *La Cantatrice chauve* se place sous le signe du paradoxe. Elle est un échec patent si l'on prend seulement en compte le public qu'elle a touché : une dizaine de personnes par représentation, sans que ce nombre décolle au cours des 25 représentations qui auront lieu entre 1950 et 1952. De nombreuses réactions oscillent, de plus, entre moquerie (des spectateurs répondent « nous aussi » lorsque Mme Smith annonce en début de pièce « Tiens, il est neuf heures. Nous avons mangé de la soupe... »), désarroi ou franche hostilité.

Mission accomplie par contre pour Ionesco : « Je ne me souviens jamais sans plaisir des murmures de mécontentement, des indignations spontanées, des railleries qui accueillirent l'apparition en mai 1950, sur la scène des Noctambules, de *La Cantatrice chauve* », peut-on ainsi lire dans sa préface au théâtre I, en 1954. L'anti-pièce recueille un anti-succès dont Ionesco n'a pas à rougir tant il est à la hauteur de son objectif : provoquer le désarroi d'un public profondément secoué dans ses habitudes.

L'ADOUBEMENT PAR LES SURRÉALISTES ET RAYMOND QUENEAU

La pièce arrive pourtant à un moment où des survivances de surréalisme offrent un terreau favorable à son accueil dans le microcosme littéraire parisien. Ionesco connaît alors son premier succès d'estime en terre française et la reconnaissance de ses pairs. Ce sont d'abord les surréalistes qui en décèlent la valeur. Le « pape du surréalisme », André Breton, considère ainsi la pièce comme le premier exemple abouti d'un théâtre surréaliste qu'il avait longtemps appelé de ses vœux. Bien que les critiques littéraires se fassent discrets à l'occasion des premières représentations, c'est pourtant l'un d'entre eux, Jacques Lemarchand (1908-1974), collaborateur du *Figaro littéraire*, qui en perçoit l'aspect avant-gardiste. Ainsi écrit-il, quelque temps après la première de la pièce :

> « Le théâtre de la Huchette recèle en ses petits flancs de quoi faire sauter tous les théâtres de Paris... C'est le spectacle le plus intelligemment insolent que puisse voir quiconque aime mieux le théâtre que ne le font les directeurs de théâtre, mieux la sagesse que ne le font les professeurs, mieux la tragédie qu'on ne la sert au Grand-Guignol, et mieux la farce qu'on ne le fit jamais au Pont-Neuf. Quand nous serons bien vieux nous tirerons grand orgueil d'avoir assisté aux représentations *de La Cantatrice chauve* et de *La Leçon*. »

Mais c'est le jugement élogieux de Raymond Queneau, l'auteur considérable et considéré des *Exercices de style* qui s'avéra décisif pour l'avenir de la pièce : « Si Raymond Queneau n'avait pas été là, *La Cantatrice* aurait-elle survécu ? ou même aurait-elle vécu ? Après coup, les critiques vous démontrent que ce qui s'est produit devait se produire nécessairement... », écrira Ionesco, songeur, dans un article du *Nouvel Observateur* en 1964. Il apprécie d'autant plus l'hommage qu'il avait été un lecteur admiratif des *Exercices de style*, ce petit livre expérimental où Queneau mettait 99 fois en scène une histoire banale de transports parisiens, en variant les styles jusqu'à l'absurde.

UNE RÉCEPTION QUI ÉVOLUE

La réception de *La Cantatrice chauve* évolue rapidement au fil des années soixante, alors que d'autres pièces de Ionesco sont créées (*La Leçon*, *Les Chaises*, *Victimes du devoir*, *Le Tableau*, *L'Impromptu de l'Alma*). Grâce à l'action de Jacques Lemarchand, admirateur de la première heure, l'année 1952 voit affluer un public moins clairsemé au moment de la reprise de la pièce au théâtre de la Huchette. Pendant ce temps, la publication de *La Cantatrice chauve* à la NRF, en 1954, attire l'attention de metteurs en scène étrangers, contribuant ainsi au début de la carrière internationale de Ionesco. Après un démarrage difficile, la pièce, à mi-chemin entre le théâtre de boulevard et celui d'Alfred Jarry, devient dans les années soixante/soixante-dix une valeur sûre de la scène théâtrale parisienne, ce qui la fait passer en un peu plus d'une décennie du statut de pièce d'avant-garde à celui de classique de la littérature française. Elle est jouée de manière ininterrompue au théâtre de la Huchette depuis 1957, plus rien ne semblant pouvoir arrêter cette « tentative d'un fonctionnement à vide » dont parlait Ionesco.

INAUGURATION D'UNE NOUVELLE CATÉGORIE LITTÉRAIRE, CELLE DU THÉÂTRE DE L'ABSURDE

La Cantatrice chauve vaudra également aux pièces de Ionesco d'être durablement classées dans une nouvelle catégorie littéraire créée *ad hoc*, celle d'un théâtre de l'absurde. Le mot est lancé dès les premières représentations de la pièce en 1950 par un critique de l'hebdomadaire *Arts* : « *La Cantatrice chauve* est réservée aux spectateurs que l'Absurde n'effraie pas... », avant de rajouter prudemment « qu'on ne [doit voir] dans ce terme Absurde aucune intention péjorative ». Malgré cette précision, Ionesco est moyennement satisfait de ce commentaire, lui qui voit avant tout dans *La Cantatrice* un moyen de dynamiter le théâtre classique, et non pas l'expression d'un absurde pour lequel il a finalement peu de goût.

Pourtant, quand le terme en viendra à désigner tout un courant au sein de l'univers théâtral de l'époque, c'est avec un certain contentement qu'il en assumera la paternité. La formule sera en effet reprise par Martin Esslin (1918-2002), en 1960, dans son essai *Le théâtre de l'absurde*. Ionesco entre ainsi, aux côtés de Beckett et d'Adamov – des personnalités du monde littéraire pour lesquelles il a une sincère admiration – dans l'histoire de la littérature française.

Votre avis nous intéresse !
Laissez un commentaire sur le site de votre librairie en ligne
et partagez vos coups de cœur sur les réseaux sociaux !

BIBLIOGRAPHIE

SOURCES BIBLIOGRAPHIQUES

- *Eugène Ionesco*, consulté le 8 juillet 2016. www.ionesco.de
- IONESCO (Eugène), *La Cantatrice chauve*, Paris, Folio, 1992.
- IONESCO (Eugène), *Notes et contre-notes*, Paris, Folio essais, 1991.
- IONESCO (Eugène), *Théâtre complet*, Paris, Bibliothèque de la Pléiade, 1990.
- LE GALL (André), *Ionesco*, Paris, Flammarion, 2009.

SOURCES ICONOGRAPHIQUES

- Portrait d'Eugène Ionesco. La photo reproduite est réputée libre de droits.
- Affiche de *La Cantatrice chauve* au théâtre de la Huchette en 1950. La photo reproduite est réputée libre de droits.

Éditeur responsable : Lemaitre Publishing
Avenue de la Couronne 382 | BE-1050 Bruxelles
info@lemaitre-editions.com

ISBN ebook : 978-2-8062-7592-9
ISBN papier : 978-2-8062-7593-6
Dépôt légal : D/2016/12603/38
Photo de couverture : © Lisiane Detaille.

Conception numérique : Primento,
le partenaire numérique des éditeurs.